多田富雄詩集

寛容

藤原書店

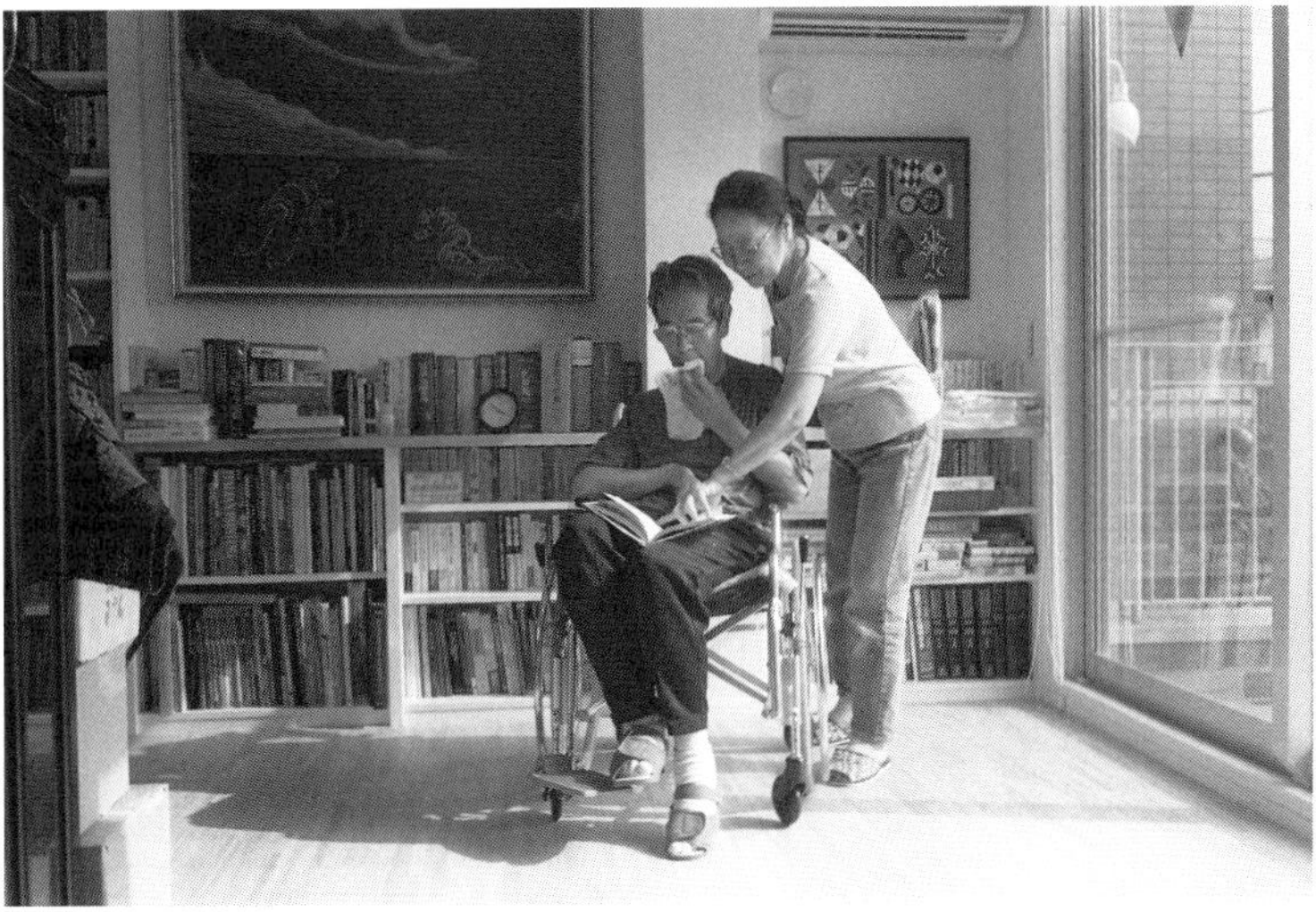

2004.6.26.　新築したばかりの文京区本郷の自宅にて（撮影・宮田均）

詩集　寛容——目次

詩集 寛容

カエル（帰る）、カエル（帰る）

今はこんな状態でとっさに答えができません。
しかし僕は、絶望はしておりません。
長い闇の向こうに、何か希望が見えます。
そこに寛容の世界が広がっている。
予言です。

（ＮＨＫ「100年インタビュー」より）

臨終の記

多田式江

偲ぶ会の小冊子用に多田の年譜を書くことになりました。次から次へと今までの出来事が思い出だされ懐かしいことばかりです。

結婚して四一年、最後に「お互い、この人生面白かったね」と言って別れるはずでしたが、指文字で最後に判読できた言葉は、「カエル（帰る）、カエル（帰る）」でした。

入院を拒み、私も在宅で最後まで介護する決心ではいましたが、誤嚥のための痰がからみ、呼吸困難に陥っても在宅で出来る酸素吸入は三リッターが限度で、救急車で順天堂に居る長男久里守の元に搬送せざるを得なかった。誤嚥性肺炎を疑って撮ったX線像には、左肺の三分の二に及ぶ胸水貯留がありました。癌性胸膜炎でした。ストロンチウム注射後の貧血は骨髄抑制だけじゃなかったのです。

酸素を六リッターにしても血中酸素濃度は九二か三、時々左手の力がなくなり、冷汗で四肢の冷感が強く、シャツが汗ばんでいました。マスクの下の呼吸は下顎呼吸を思わせ、吸痰すると酸素濃度は八〇以下になってしまいました。すぐに入院させねば。幸い、一四階の特室が五日間だけ空いているとのことでした。

一ヶ月前、不眠と痛みのコントロールのために入院した時、「ベッドが狭い、広いベッドに変えてくれ、枕が小さく寝心地が悪い」と難癖をつけて困らせられました。「今度は、もっと高額の良い病室だから」と、やっとの思いで納得してもらい入院となりました。一四階特室、ベッドも広く、枕もフカフカ、台所、浴室までついている豪華な病室でした。

順天堂に居られる奥村先生、垣生先生、平野先生、唐沢先生が次々にいらしてくださるのですが、多田は十分な応答が出来ず、指文字も途中で力が抜けて判読不可能になる状態でした。入院初日は、久里守と二人で一晩付き添うことにしました。痰がからみ吸痰をすると途端に酸素濃度、血圧が下がります。胸水を引けば呼吸が楽になるはずですが、状態が悪くなる可能性もあり、胸水穿刺は迷いに迷いました。

四月二一日朝早く駆けつけた多田の兄弟達は、急変に驚きオロオロとしているところに呼吸器科の先生方が見えて、胸水穿刺が始まりました。私たちが控え室で今後のことを話していると、看護師に呼ばれ、「胸水は、血液そのものの様で、一五cc引いて検査に出しました。血圧低下のため、それ以上のことはせず中止しました」とドクターから説明がありました。常時一〇〇以上の頻脈が徐脈になり、呼吸も浅い。もう時間の問題でした。

脈も呼吸も徐徐に少なくなり血圧低下、そして一〇時三一分死亡。

「痛みから解放されて良かったね、お疲れさま、よく頑張ったね、兄ちゃん」と妹達が呼び掛けていました。多田の全身の力が抜けて、いつも硬直していた肘が今は自由に動かせる。私は、悲しみより「おわった」という言葉が思わず口をついて出ました。

脳梗塞で倒れても、鎖骨骨折するまでは、多田には文筆の仕事があり、介護もそれほどは辛くありませんでした。去年の九月から、あんなに好きだった晩酌を止め、一〇月には、「仕事優先にしたい」と胃ろう手術を受けて、退院後一〇日目の夜に車椅子から立ち上がる時にポキリと鎖骨が折れてしまいました。

痛みでタクシーにも乗れず、順天堂救急に車椅子を押して行きました。

タスキの様な固定ベルトを装着し、寝返りが出来ないため、一時間毎に起きて介助する日々が続きました。

一一月、秋の叙勲では羽織袴で宮中参内し、天皇陛下よりお言葉をかけていただきました。胃ろう手術前のＣＴで見つかった、腹部リンパ腺転移巣への放射線治療を年末まで通い、その間、骨折の痛みに耐えながら、連載していた「落葉隻語」「残夢整理」を書き上げました。「もうきっと最後になるから会いたい」と知人にメールで呼びかけ、連日面会予定がぎっしりで満足していました。

今年二月、ＰＥＴ検査で全身骨転移が見つかり、最後の放射線治療では日に日に体力が落ち、寝たきりの状態でした。寝返りも私一人では出来ず、ヘルパーさんを頼んだのですが「ママ、ママ」と私以外の人では受け付けず頼りきりでした。私は目を離すことが出来ず食事も入浴もままならなくなり、不眠で体がフラフラの状態のなかで多田の最期を迎えました。

一緒に世界を旅し、お酒を飲み話し合い、毒舌に癖易しながら、喧嘩も冗談も言えた人生、面白かったですよ。

歌占*

死んだと思われて三日目に蘇った男は
白髪の老人になって言った
俺は地獄を見てきたのだと
そして誰にも分からない言葉で語り始めた

それは死人の言葉のように頼りなく
蓮の葉の露を幽《かす》かに動かしただけだが
言っているのはどうやらあの世のことのようで
我らは聞き耳を立てるほかなかった

真実は空しい
誰が来世など信じようか
何もかも無駄なことだといっているようだった

そして一息ついてはさめざめと泣いた

死の世界で見てきたことを
思い出して泣いているようで
誰も同情などしなかったが
ふと見ると大粒の涙をぼろぼろとこぼしているので
まんざら虚言《そらごと》をいっているのではないことが分かった
彼は本当に悲しかったのだ

無限に悲しいといって老人は泣き叫んだ
まるで身も世も無いように身を捩《よじ》り
息も絶え絶えになって
血の混じった涙を流して泣き叫ぶ有様は
到底虚言とは思えなかった

それから老人は
ようやく海鳥《うみどり》のような重い口を開いて
地獄のことを語り始めた

まずそれは無限の暗闇で光も火も無かった
でも彼にはよく見えたという
岬のようなものが突き出た海がどこまでも続いた
でも海だと思ったのは瀝青《れきせい》のような水で
気味悪く老人の手足にまとわりついた
彼はそこをいつまでも漂っていた
さびしい海獣の声が遠くでしていた

一本の白い腕が流れてきた
それは彼にまとわりついて
離れようとはしなかった
あれは誰の腕？
まさかおれの腕ではあるまい
その腕は老人の胸の辺りにまとわりついて
どうしても離れようとしなかった
ああいやだいやだ

だが叫ぼうとしても声は出ず
訴えようとしても言葉にならない
渇きで体は火のように熱く
瀝青のような水は喉を潤さない
たとえようも無い無限の孤独感にさいなまれ
この果てのない海をいつまでも漂っていたのだ

身動きもできないまま
いつの間にか歯は抜け落ち

皮膚はたるみ皺を刻み
白髪の老人になってこの世に戻ってきたのだ
語っているうちにそれを思い出したのか
老人はまたさめざめと泣き始めた

が、突然思い出したように目を上げ
思いがけないことを言い始めた
そこは死の世界なんかじゃない
生きてそれを見たのだ

死ぬことなんか容易《たやす》い
生きたままこれを見なければならぬ
よく見ておけ
地獄はここだ
遠いところにあるわけではない
ここなのだ　君だって行けるところなのだ
老人はこういい捨てて呆然として帰っていった

＊歌占《うたうら》　伊勢の神官、渡会《わたらい》の某《なにがし》は頓死して三日目に蘇る。白髪の預言者となって、歌占いで未来を予言し、死んで見てきた地獄のことをクセ舞に謡い舞う。はては、狂乱して神がかりとなり、神の懲罰を受ける。

新しい赦《ゆる》しの国

帰ってきた老人は
棘のある針槐《はりえんじゅ》の幹にもたれ
髭だらけの口を開いた
無意味に唇を動かし

海鳥の声で
預言者の言葉を呟いた

海は逆立つ波に泡立ち
舟は海に垂直に吸い込まれた
おれは八尋もある海蛇に飲み込まれ
腸の中で七度生まれ変わり
一夜のうちにその一生を過ごした
吐き出されたときは声を失い

叫んでも声が出なかった

おれは飢えても
喰うことができない
水を飲んでも
ただ噎《む》せるばかりだ
乾燥した舌を動かし
語ろうとした言葉は
自分でも分からなかった

おれは新しい言語で喋っていたのだ

杖にすがって歩き廻ったが
まるで見知らぬ土地だった
真昼というのに
満天に星が輝いていた
懐かしい既視感が広がった
そこは新しい赦しの国だった
おれが求めていたのはこの土地なのだ

おれの眉間には
明王の第三の眼が開き
その眼で未来を見ていた
未来は過去のように確かに見えた

おれの胸には豊かな乳房
おれの股座《またぐら》には巨大なペニス
おれは独りで無数の子を孕み

母を身篭らせて父を生む
その孫は千人にも及ぶ
その子孫がこの土地の民だ

おれは新しい言語で
新しい土地のことを語ろう
昔赦せなかったことを
百万遍でも赦そう

老いて病を得たものには
その意味がわかるだろう
未来は過去の映った鏡だ
過去とは未来の記憶に過ぎない
そしてこの宇宙とは
おれが引き当てた運命なのだ

二〇〇一年の終わりに

親愛なるゾルタン*

心づくしの贈り物をありがとうございます。クリスマスに届きました。病室には良質のステレオを持ち込んであります。癒される音楽をどうしても必要としていたので。

ところで、まだ入院中ではあるものの、この二~三か月でめざましい進歩を遂げました。短い補助器具を使って歩くことを始めて、階段も上り下りできるようになっています。未だに話すことはできませんが、短いことばなら聞き分けてもらえます。多くのものを——ほとんど何でも——食べられるようになりました。少しずつ自信と希望を得ています。旅行ができるなら、ニューヨークに行きたいものです。

それに加えて、雑誌に寄稿した私の文章が大きな反響を得て、ずいぶん高い評価をいただきました。今では執筆依頼が押し寄せています。入院しながら稼いでるというわけです！　知能を喪わなかったことを嬉しく思います。コンサートにも劇場にも行って、大いに楽しんでいます。感性を私から奪わなかったことを、神に感謝しなければなりません。

新年を前にして、バリアフリーで生活しやすいマンションに引っ越しました。旧居にほど近く、東京国立博物館にも近い場所です。

親愛なるゾルタン、二〇〇一年の手紙はこれが最後です。今年は私にとって大変な年でした。でも今は元気ですし、うまくやっています。ちょっとあなたにお知らせしておきたかったのです。

さて、新年のあいさつをしておきましょう！　私たちが経験した悲しみがすべて過ぎ去り、来るべき年が喜びの年となることを願っています！

これが二〇〇一年最後のメッセージになりそうです。

あなたとジルに、敬意と愛を込めて。

多田富雄

＊ゾルタン・オヴァリー（Zoltan Ovary　一九〇七―二〇〇五）　ハンガリー生まれの免疫学者。ニューヨーク大学医学部教授を務める。著者が生涯にわたり敬愛した師であり友。（編集部注）

影の行方

小島章司のフラメンコ『Encuentro（邂逅）』を見て

それは太陽の黒点のように
静止しているようにみえたが
本当は光速に近い速さで移動していたのだ
凝視する私の目に耐えかねたように

黒点は身を捩《よ》じらし沸騰し
陽炎《かげろう》のようにゆらめいたかと思うと
融合しては増殖を繰り返し
子を孕み子孫を生んだ
次いでそれははじけ飛んで
闇にまぎれて見えなくなった

あれはどこへ行ったか
まさか幻影ではあるまい

影だとしても重さは百トンもあって黒一色だったし
すばやい身のこなしは闘牛場の牛のようで
数億年も前からそこに待ち伏せしているようだった
狙った獲物は逃さない重い掟に護られているが
いつしか烏賊の墨のようにぼやけて
灰色の海水にすうっと拡散して消えたのだ

大蛸が獲物に迫るように
触肢についたひらひらした膜を動かしながら

女に覆いかぶさり血を吸い奪い
身を震わせて天を打ち仰いだ
そいつの正体は何かといえば
夜の間は白い仮面をつけ恐怖に叫び声を上げていたのが
昼になるとだれかれかまわず不穏なささやき声を交わす
酒場の孤独な英雄だった
闇の中では鋼鉄の堅固さを誇ったが
アンダルシアの太陽の強烈な光のもとでは
流れた血が地面に吸い取られ乾いていくように

愛と栄光の影も消えていったのだ

でも乾いた風が吹くと音もなく崩れ去り
日向からはすばやく身を躍らせたかと思うと
いつの間にかインキが吸い取られるように
最後は鉛筆の芯のような点となって
地面に跡形もなく吸い取られてしまうのを見た
みるみるうちに消えてしまう
それが永遠というものだ

二〇〇二年十二月二十三日

メリー・クリスマス、そして二〇〇三年の新年おめでとうございます。

私は発作後の障がいから引き続き回復しつつあり、式江との家庭生活を楽しんでいます。

私の舌は、私の言いたいことを言わせてくれませんが、今は以前のような困難もなくほとんど何でも食べることができます。今は私はこの世に戻ってきたのだと断言できます。この歳ではリハビリテーション訓練も容易ではありませんが、式江がいつも支え励ましてくれます。闘病中に生まれた孫娘も含めて、家族は皆元気にしています。

発作に襲われ絶望に陥っているときに皆様が示して下さった友情にはいつも感謝しています。それなくしては、この世に戻ってくることなどできませんでした。決して忘れはしません！　皆様のような友人がいることを幸せに思います。今年も同じ調子で参りたいものです。世界の幸福のためにやるべきことはたくさんあります。世界の平和と繁栄を祈りつつ！

多田富雄

雨と女

山本順之の『定家《ていか》』＊を見て

雨が降っていた
冷たい雨が白いバードケージの家に降っていた
窓には蔦《つた》が絡んで
雨は蔦の螺旋を伝って落ちていた

蔦の絡む窓に女が座っていた
女は甘い回想にふけっていた
空恐ろしい快楽の日の記憶だ
あのストーカーのようにしつこく付きまとう男の
毛の生えた指が女の巻き毛をなでていた
執拗な愛撫がうなじを這った
それが苦しいのかうれしいのか
彼女には分からない

ただ甘いにおいがして女は身悶えた
もう忘れていたはずの快楽に抗いもしないで
男の腕の中で身をすくめている夢だ
うなじの巻き毛が
雨で這い纏わっている

今日女は蜆蝶《しじみちょう》の翅《はね》のような
薄黄色の衣をまとっていた
時雨《しぐれ》の空がそこだけぼうっと明るくなった

薄い軽い衣だった
夢の中で女はそれを翻して舞った
いつ終わるとも知れない舞に
女のひと時の救いがあった
でも雨が衣にかかると
蜆蝶の翅はすぐに破れる？

這いまとわる
雨のしずくで

がんじがらめになった女の思いは
蜆蝶の翅とともに壊れてゆく
そら　いつの間にか下の方から紫色に変わっている
死人の指のような紫色だ
両足が腐ってきた女は
ゆっくりと地面に吸い込まれていった

雨が上がって薄い陽炎《かげろう》の薄日がさしても
窓の中の女はもう立ち上がらない

外は草ぼうぼうの蓮華畑になっていた
女の甘い笑い声が残っていた

またしとしとと雨が降りだして
しずくが螺旋のように蔦を這っていた
永遠の呪縛のように蔦に纏わっていた
蜆蝶の翅は雨に打たれて
羽蟻に運ばれてなくなった

彼女の高貴な香りと
甘い記憶だけをそこに残して
誰もいない白いバードケージのような窓を
雨が縛っていた

＊定家　時雨の降りしきる都千本、定家の旧跡に現れた女は、旅の僧を蔦葛で無残に覆われた墓石に案内する。それは「忍ぶ恋」の歌人式子内親王の墓であった。死せる皇女の霊は、かつての恋人藤原定家の執心が定家葛となって、死後までも墓石に這いまとわる苦患を物語り、救いを求める。僧の読経で、つかの間の安らぎを得た内親王の霊は、報謝の「序ノ舞」を舞って、また呪縛の蔦に覆われた暗黒の墓石の中に戻ってゆく。

死者たちの復権

麿赤兒の舞踏『大駱駝艦』を見て

並んだ解剖台に
顔を押し付けるようにして
死者たちが水をすすっている
永遠をまた取り戻そうと

突然静止していた
オウムが騒ぎ出し
エリマキトカゲの指が痙攣した
マサイの戦士たちが
槍や棍棒を持って反乱を始める
時は今だ
今こそ死者が生者を陵辱する時だ

シャンデリアが煌々とついた
夜のパーティーの室内で
貴婦人たちが棺桶のふちに腰掛けて
カクテルを飲んでいる
ひげを生やした女主人と奴隷が
手を取り合って踊っている
鏡の中の舞踏会に
女神たちの合唱が加わる
マサイの戦士たちがいっせいに矢を放つ

エリマキトカゲはカマキリを捕らえた
なめまくってそれからゆっくりと味わう
それから飲み込み痙攣してのけぞった
そのドサクサのうちに交尾して
受胎した貴婦人が
ダチョウの卵を死産する

白衣の天使たちの

悲嘆の声を尻目に
喧騒の市場は
黒い麦藁帽子をかぶった
女主人と奴隷の欲望が支配する
物珍しげな奴婢は
イチジクをかじりながら
呆けたように盗み見ている
鹿の子《かのこ》の着物を着た女主人には

今大蛇の尻尾が生えて
壁をずるずると這い登ってゆく
女主人の怨念は
死者が永遠の水をなめるのを
笑いながら見ている

後は白い木偶《でく》のような民衆が
あちこちの垣根をぶち壊して喰らい
ぼろ切れに火をつける

猛火の中に女主人が
ニタッと笑い
ゆがんだ唇に生唾が光る
復讐は成就されたのだ

泥の人

森山開次のダンス『月日記』を見て

泥の人は
ワイヤーロープを捩《よ》じった筋肉で
沼地の小道を歩いてきた
肋《あばら》に豆電球をダイヤのようにぶら下げ

楽園を追われたアダムのように
額に手を当て思い悩みながら
森を歩き続けた
そして突然始祖鳥の翼を広げ
風を捕らえ
宙を引っ摑んで投げつけた
ついで噴水のように起ち上がって
岩にぶつかって砕け散った

水に変容した泥の人は
ゆらぎ震える流れとなり
石に喘ぎながら接吻し
水晶のように砕け散った

泥の人は
森の巨木の声を聞いた
ひそかな口笛の風
毛虫の足音

幾千の木の葉も聞き耳を立て
鶉《うずら》も鳴くのを止めて身構えた
泥の人はゴージャスな筋肉の腕を伸ばして
枝から木の実をつまみ
ジュースを口に流し込んで
体の隅々にまでその声を感じ取った

でも安らぎはまだ来ない
包帯を解かれたばかりのミイラのように

まだ生々しい泥の肉片をさらして
大地に身を擲《なげう》ち
観念の虚しさを嘆いた
泥の人は乾けば壊れる
泉に駆け寄って水を掬《すく》おうとしても
変容し続ける水は取り合わなかった

それでも泥の人は
抵抗をやめない

肉を引き裂き啄《つい》ばみ鞭打ち
弓を引き絞って
猟人の力で己を射た
はじける痛みは鋭いが
風の森では心地よかった
しかし永遠の癒しは来なかった

泥の人は
呆けたように眠る

時々筋肉を痙攣させて
四次元の眠りに落ち込む
その時泥の人の最も感動的な部分に
最後の夕陽の一かけらが
煌《きらめ》いているのを見る

葡萄の蔓を引きずって
泥の人は歩く
歩くことがこんなに複雑な行為だと

自分を納得させるように
一本一本の筋肉の繊維を
憧れのように煌かせて
ゆっくりと迷路のような造花の園を
歩いていった

アフガニスタンの朝長《ともなが》

友枝昭世の『朝長』*を見て

地雷で脚を失った少年は
青空の下に廃兵のように横たわった
空は地平まで続き
耳元では虻《あぶ》の羽音が聞こえた

夏までは砂漠を渡る風のように
砂を蹴って走った脚は
ひざから下がなかった
もう片方の足も
枯れ木のように折れ曲がった
少年は木の松葉杖にすがって
ミイラが歩き出すように
一人で草原まで来た
病院の友達もみんないなくなった

虻の羽音に混じって
遠くでヒヨドリの声が鋭く聞こえた

あれはいつだったか
まだ停戦協定が結ばれてない春
国境に近い有刺鉄線を越え
山の頂まで羊を追って上ったが
鳩が雪の上で
松の実をついばんでいた朝

彼は踏んだのだ　地雷を
突然天と地が弾け飛び
乗った驢馬《ろば》が跳ねかかったように
燃えたぎった石油だまりに落ちこんだ
鋭い痛みが走ったかと思うと
後はボートで空中を漂う夢を見ていた
眼覚めたとき
右足の膝から下は無かった
ぐるぐる巻きの包帯を解くと

血の付いたガーゼに
真新しい肉片が覗いていた
骨は胡桃の実のように砕けていた

（さるほどに朝長は、都大崩《みやこおおくずれ》とやらんにて膝の口を射させ、とかく煩わせ給いしが、夜更け人静まって朝長の御声にて、南無阿弥陀仏と二声宣《のたま》う、こはいかにとて鎌田殿参り、朝長の御腹召されて候……）

母に残されたのは一枚の写真
魂が吸い込まれそうな青空の下
墓に行って子供の名を呼び
花で覆っては地面に体を投げつけ
変色した写真をかき抱いた
蒼茫とした野原に
赤土の道が地平線まで続き
夕煙の一片の雲が逃げ去った後は
面影の色も形もなかった

ただ取り残された廃砲が
地平に向かって砲口を開いていた

（死の縁の、所も逢いに青墓《おおはか》の、跡の標《しるし》か草の陰の、青野ヶ原は名のみして、古葉《ふるは》のみの春草は、さながら秋の浅茅原《あさぢわら》、萩の焼け原の跡までもげに、北邙《ほくぼう》の夕煙、一片の雲となり、消えし空は色も形も亡き跡ぞ哀れなりける）

遠い戦火の声

軍靴の響き
喪の声
爆撃された廃墟
どこに行っても同じだ
アフガニスタンだって都の大崩だって
カブールの母の嘆きは
青墓の宿の女主人の後ろ影となって
時空を超えて一枚の絵の中にある
カイバル峠に続く草原の道に

指抜《さしぬき》をはいた源の朝長が
片足を引きずりながら歩いてゆく

＊朝長　平治の乱に出陣した源義朝の次男、十六歳の少年朝長は、都大崩の戦さで膝の口を射られて重傷を負った。美濃の国青墓の宿まで落ち延びるが、足手まといになることを恐れて、自刃して短い生涯を終えた。それを悼んだ青墓の宿の女主人の前に、少年朝長の幽霊が現れ、悲惨な戦いを物語り、弔いを求める。

神様は不在《るす》

白い枠のドアは
海に向かって半開きになって
風がレースのカーテンを揺すっていた
波の音に砂がさらさらと流れた

ドアには斜めの日ざしがあたっている
部屋には長い間ひと気がない
沖で三角波が立って
ヨットが波と格闘していた

白い枠のドアは
海に向かって半開きになって
女神の裾のようなカーテンがなびいて
視界から逃がれようとしていた

空気が海燕のにおいで満たされた
でも中にはだれもいない

太陽は傾き
白ペンキで塗られた枠のドアが
くっきりと影を伸ばしている
風がドアをバタンバタンさせる
貝殻がひとつ
パチンと音を立てて砕けた

旗は中空にはためている

「留守だよ」と
誰かのしわがれた声が聞こえた
あれはアルメニア人の老料理番に違いない
彼が料理したアメフラシが
極彩色のマリネになって
楕円形の絵皿に
海ホオズキのサラダとともに

テーブルに並んでいるだろう

巻貝の殻の無限の迷路に
私は迷い込んだようだ
どこまで行っても出口はない
三半規管の障害者である私は
ネプチューンの呪詛を
受けなくてはなるまい

海が白く光った
白ペンキの枠のドアの
向こうの海にはだれもいなくなった
ドアの前の三角形の陽だまりには
皮のサンダルが脱ぎ捨てられたままだ
神はとうとう現われなかった

時の盗賊

柴田昂徳君（子方）演ずる『烏帽子折』を見て

匂うような五月《さつき》の夜
銀河の空にかかった村雲のあたりが
にわかに騒がしくなったかと思うと
時空を超えた盗賊どもが打ち乱れて押し入った

髪を乱したのがあり僧形のがあり
雲つく大男や
若いのも白髪頭を振乱したのもいた
鉞《まさかり》や鉤槍《かぎやり》　薙刀《なぎなた》　バズーカ砲
五尺三寸もある大刀などを思い思いに振り立てつつ
ここを先途と押し入った

首領は誰あろう熊坂の長範
爛々たるかなつぼ眼を油断なく見開き

カーキ色の頭巾を目深にかぶり
迷彩色の戦闘服をだらしなく羽織って
ゆらりゆらりと繰り出した有様は
いかなる天魔鬼神といえども
顔を背け後じさりするばかりだった
熊坂、齢は数えで六十三か
まばゆいばかりの松明《たいまつ》の光に
薙刀柄長く持って
牛若めがけて討ちかけたり

牛若は天から降り下ったような金ボタンの学童服を着て
鈴を転がすボォイソプラノで
熊坂をあざ笑い
その手下のものどもを
一人残らずマジックの手玉に取り
宙に投げつけ微塵になし
熊坂を悔しがらせたものだつた
熊坂は地団駄踏んで

打ちもの技ではかなうまいと
牛若少年めがけて
大手を広げて組み付いた

それからどうしたというのか
月は雲に隠れ
二人の死闘は見えなくなった

代わりに灰色一色の長い袴を引きずった

気味の悪い大入道のような烏帽子屋の亭主が
牛若少年を誘惑するのだ
男はすぐにど派手な縞のダブルに着替え
金ぴかのブレスレットを身につけ
なんと牛若の産毛の生えた頬に触ろうとしている
牛若少年危うし

鈴を張ったような少年の目に
ふと誘惑への抵抗が緩んで

半欠けのメロンのような月に
五月の湿った夜の空気が匂った

＊烏帽子折　金売の吉次を頼って奥州へ下る牛若丸は、近江の宿で元服するために、よしありげな烏帽子屋をたずね、源氏の決まりの左折の烏帽子を折ってもらう。烏帽子屋の亭主は源氏所縁のもので、牛若の元服を祝福し源氏の再興を祈る。その後、美濃の国赤坂の宿に吉次の一行が泊まった夜、盗賊熊坂長範が手下を率いて襲うが、天晴れ牛若は一人で討ち果たす。

オートバイ

ケンタウロス*に捧ぐ

君がオートバイで走るとき
天と地は緩やかにカーヴしながら
過去へと逃げ去ってゆく

君はスズメバチが
獲物に襲いかかるように
巣から弾き出される
意を決して飛び出す狙撃兵は
目標を追い詰める

速度がぐんぐん増すと
空のゆがみは極点に達し
君自身はぜんぜん動かなくなる

行く手は白い平面に過ぎない
いつしか君はレスラーになって
時間をねじ伏せている
カウントスリーで光速を超えたとき
君は神になってすべてを許す

光はますます速くなり
すべては一点から飛び出し
無限の広がりに拡散してゆく

行く手はすっかり青ざめ
背後のピンクの海に溶けてゆく
アインシュタインの言ったとおりだ

オリンポスの神の伝令さながら
君はただ疾走する
謎の飛行物体になれば
もう地面など蹴ってはいられない
茜色の空が

蓮華草の花畑のように広がり
湾曲して消えてゆく大地にも
君は優しく
空からスミレの花束を降らせる

君はただ走る
移動するヌーの群れのように
目的もなく希望もなく
前方さえも見ないで

ただ突き破った風だけが
君の存在を保証する

君は知っている
この風のような自由を乗り越えれば
先にはもっと空虚な
熱病が待っているのを
しばられた孤独に
いま君はひたすら耐え続けるだけだ

さよなら
満月にむかって
君は手を振って
攻撃に向かう特攻兵のように
湾曲する地球のむこうに
カーヴ球のように消えていった

＊ケンタウロス　ケンタウロスはオートバイ・ライダーの集まりである。現代の武士を自認するこのライダーの会は、私の新作能『一石仙人』をプロデュースするなど、多彩な文化活動も行っている。彼らの風を切って疾駆

する姿に、歩けない私も血を躍らせる。

二〇〇三年十二月二十五日

メリー・クリスマス、そして明けましておめでとうございます!

私は、二年前の発作から、限度はあるものの引き続き回復しつつあります。式江も元気で、糖尿病と闘っています。久里守は今年、二人目の娘が生まれて、東京の郊外に住んでいます。幸と紋は結婚しましたが、子どもはいません。私が倒れたとき、彼らは大きな助けとなってくれましたし、それからもずっと生きることへと励ましてくれています。

秋には金沢へ旅行しました。私が発作を起こした北日本の都市ですが、命を救ってくれた医師や看護師へのお礼のために訪れたのです。何しろ私はほとんど死んでいたのですから！　絶望のなかあの世を彷徨ったのは、忘れがたい記憶です。私はありありと思い出すことができます。あれ以来、私の人生は一変してしまいました。それでも、私の知的能力はいくらか高まっていて、未来への不思議な洞察力を得ました。自分でもなぜかはわからないのですが、はっきりとそれを感じるのです！

つい先日、新聞社で開かれた、ある賞の選考委員会に出席しました。ノーベル賞作家の大江健三郎さんも選考委員のなかにおられて、候補者について彼と議論しました。私はしゃべれないのに、奇妙なやり方でどうにか意思疎通することができたのです！

私の四作目の新作能「一石仙人」は、今年は東京と横浜と結城で計四回上演されました。こんなに短い期間に新作能が何度も上演されるのはなかなか無いことです。『東京新聞』の演劇欄では、今年最も成功した能作品に挙げられました。広島と長崎を取り上げる作品もほぼ書き上がっていますので、近いうちに上演されることと思います。

著書としては、女性社会学者の鶴見和子さんとの共著『邂逅』が好調で、九刷になっています。来春にはもう一冊、女性生命科学者の柳澤桂子さん――私と同じく不治の病に苦しんでおられます――との共著『露の身ながら』が出版されます。私もまだ女友達がたくさんいるのですよ！「詩集」も別の出版社で企画されています。そんなわけで、私の「晩年の仕事」も完成しつつあります。

二年前を思い起こすと、何もかもが絶望的でした。けれども今は、人間として生きていけるかすかな明かりをみることができます。皆様の友情と励ましに感謝しています。それ無しではとても回復することなどできませんでした。

未だに話すことはできず、右手は麻痺し、歩くこともできませんが、精いっぱい生きるつもりです。どうぞよろしく！

多田富雄

弱法師《よろぼうし》＊

森山開次のコンテンポラリーダンス『弱法師』と、
故高橋進の能『弱法師』の記憶とともに

下人非人とさげすまれつつ
少年の姿の阿修羅像のような
無垢の裸身をさらし
俊徳丸は見えぬ眼で虚空を凝視した

かなわぬとは知りながら
まるで獣のように
はだしで奈落の底を這いずり回った
挙句は手を合わせて
涙ながらに慈悲を乞うたが

絶望の果てに縄につながれ
口をあいて喚きながら
四つん這いとなって

救いのない暗穴道を引かれていった
と
どこからともなく梅の香が聞こえた
掬《すく》って飲んでみれば甘露の味がした
遠くで天王寺の鐘の声がした
見えない眼で見上げれば
飛天のごとき女人が
芳しい裳裾を翻して

天上にあった

あの光り輝く菩薩のような肢体は
救いとばかり思ったが
五十六億七千万年の闇の中では
牛頭明王《ごずみょうおう》の呪縛となり
重くのしかかるばかりだった
梅の女人は
指の間から逃げる砂に似て

香りだけを残して遠くへ去った

遊行聖人曰く
極楽浄土は貧者の所有物と
だがあれは
断末魔の悲しみ
刹那の歓びに過ぎなかった
　人間は木の台のように
泥に捨てられて朽ちる

天竺の下人のやり方で
括《くく》り袴の裾を前に手挟《たばさ》み
鞭のような杖で地面を叩きながら
轍《わだち》ばかりの泥道を
五色の紐に引かれて歩いていった
その顔には永遠の歓びが
果てしない苦悩とともに
彫りこまれていた

＊弱法師　讒言により家を追われ、病で盲目になった少年俊徳丸は、弱法師と呼ばれる乞食となり、施しを受けるために天王寺にやってくる。梅の香に春を偲び、見えぬ目で見る難波の落日にしばし日相観の恍惚を体現するが、狂乱して悲惨な障害者の生き様を見せる。

水の女

野村四郎の『采女《うねめ》』＊に寄せて

吾妹子《わぎもこ》が　寝《ね》ぐたれ髪を　猿沢の
池の玉藻と見るぞ悲しき

水が湧き出ている池の底に

ゆらゆらと玉藻が生え
波紋が広がる
王は気づいていない
女が水に浮いているのを
あれは恋に破れたオフェリア？
または古代の采女？
朽ち葉色の衣が池波に揺れる

もう心変わりを責めはしない

物悲しい声でホトトギスが啼いた
女のむくろは水に浮いたままだ
ただ昔の自分が懐かしい
何も知らなかったころの

水藻が揺らいで
女の髪をなぶった
彼女は思い出した
祝祭の日酒を注ぎ

王の宴で舞ったことを
幼い王は
微笑みながら水面を見回す

王はついに発見する
そこに女のむくろが
水の盛り上がったところに
浮いているのを
女の髪に玉藻が絡んで

落ち葉に覆われて見えなくなったのを
水の女には死の喜びがある
満足が五体に満ちている
もうそれだけで良い
女は感謝していた

水が湧き出しているところから
玉藻が生え拡がり

ゆらゆらと女の髪を撫でた
ホトトギスが啼いた
王の歌う鎮魂歌のように

＊采女　天皇の寵を失ったことを嘆いて、猿沢の池に身を投げて死んだ采女の霊は、かつての祝宴での舞を舞い、また水の底に帰ってゆく。

卒都婆小町*

観世榮夫の『卒都婆小町』を見て

この道はどこから続いているのか？
生まれぬ先から続いているのだ
その果てはどこ？
轍《わだち》の残る泥道の向こうを

老婆は笠をあげてみやったが
その先は砂塵で霞んで見えない

疲れ果てた老婆は
仏の臭いの染み付いた
倒れた卒都婆に腰をかけた
夕日に尿《しと》が微かに匂った
背中に黒い影が張り付いて
淀んだ風に吹かれていた

老婆の衣の破れ目から
萎びた乳房が覗いていた
昔は懸想した男に追いかけられたものだったが
今では暗い股座が渋柿のように臭う
百歳に余る老婆となって
路頭に骸骨を乞い
供物泥棒と罵られつつ
浄衣の裾をかい取った姿は

便壺から立ち上がったようだった

聖なるものは
穢れたところから生まれる
悪は構成しない
超越といっても何を超えるのか
聖《ひじり》というも非人の証し
下人も超越者も変わりない
生者は死者を区別するが

生きるも死ぬも違いはない
空なるものは求めても得られない
そうつぶやくと精神が蓮華のように匂った
背中に取り付いた影は飛び去った

あたりは見渡す限り真っ白の月の光
老婆は重い足取りでもとの道をたどる
それは生まれぬ先から続いている道
その先は果てもない草叢だ

そのときにわかに
天より虫の声降り下り
百千の葉叢は聞き耳を立て
地は黙し耐えた
いくつもの星が降り
白い蓬髪に落ちた

＊卒都婆小町　高野山の高僧が、卒都婆に腰掛けて休んでいる乞食の老婆を見咎めて除けようとすると、老婆は朽木の卒都婆とは言えかつての美女が腰掛けるのはかえって供養になるではないかと嘯く。果ては卒都婆の教義

問答となり、言い負かされた高僧は乞食の足もとに跪いて礼拝する。小野小町のなれの果てと明かした老婆は、突然深草少将の怨念に取り憑かれ、狂乱のうちに百夜通いのさまを見せる。

見知らぬ少年

君が机に向かって製図をしているとき
肩越しに立って覗いている
見知らぬ少年がいる

彼は百年の少年
君の先祖の少年だ
彼は君の未来を知っている
君が死んで
君の孫の同じくらいの年齢《とし》の少年が
大きな涙をためてすすり泣いているのを
ドアの向こうにたって
険しい眼で見守っている

君がしゃがんで
鉢に球根を植えているとき
脚立に腰掛けて見下ろしている
夏の日が斜めに
日焼けした顔を照らしている
明治三十五年の夏
泳ぎ疲れてほてった頬で
白絣《しろがすり》の裾から脛《すね》を覗かせて

なぜか君は知っている
少年が途方にくれているのを
彼が青雲の志を抱いて
挫折したことを

君が公園のベンチで
過ちを嘆いていたときも
少年はブランコを揺らしながら
遠目で見つめていた

でも諦めたように黙って立ち去った

それから少年は帰って来ない
だれもいないブランコがひとつ
風に揺れている

二〇〇五年新春

あけましておめでとう御座います。

まず旧年中の一方ならぬご親切、御友情に、心からの感謝を捧げます。それなしでは到底生きて来られなかったでしょう。こうして発病して四度目の正月を迎え、丸儲けの春を実感しています。とはいえ、右麻痺はもう治るはずもなく、嚥下困難と構音障害に日夜悩まされている現状です。今はそれに適応して、何とか生を全うするつもりです。

去年は家の新築、湯島の仮住まいからの引越しと、私は働けないながら忙しい一年でした。本年もまた、十一月に行われる第七回日本代替医療学会の会長を引き受けさせられ、実際は名前だけですが気ぜわしい一年になりそうです。

執筆活動は、柳澤桂子さんとの往復書簡集『露の身ながら』が昨年六月に発行され、『多田富雄全詩集 歌占』も九月に上木することが出来ました。ほかに、能関係のエッセイなどをいくつか書き、障害者の一年の消光には、十分すぎたくらいの忙しさでした。

また私の新作能、『一石仙人』が金沢で再演され、金沢音楽堂の大ホールに、千人あまりの観衆を集めて大成功でした。この能は、アインシュタインがシテという奇想天外の新作というばかりでなく、メシアンの『昇天』のパイプオルガンが、出囃子を彩るという画期的な演出で、「劇場能」という新しいジャンルを確立したものと自負しております。

たまたま今年は、UNESCO主催の世界物理年で、日本物理学会が記念のイベントとして、私の『一石仙人』を東京で公演します。アインシュタインの相対性原理の発見百周年にあたるので、これを日本からの平和のメッセージとして発信することが決まったのです。四月二十五日上野の芸大奏楽堂です。また、朝鮮人強制連行に材をとった『望恨歌』は五月に行われる「釜山演劇祭」に招待され、観世榮夫さんの主演で韓国デビューを果たします。私もついてゆくつもりです。

十一月には、長崎の原爆体験を描いた『長崎の聖母』が、舞台となった浦上天主堂で初演されます。観世流の中堅、清水寛二氏の主演です。

また同じ月に、臓器移植と脳死を題材にした『無明の井』が国立能楽堂で再演されます。故橋岡久馬師の名演に金春流の異才、櫻間金記さんが挑戦します。どんな舞台になるか胸をわくわくさせて期待しています。

そのほか『一石仙人』の沖縄公演や、9・11を記念してニューヨークの国連での公演の話も出ていますし、もうひとつの広島原爆を題材にした能『原爆忌』も観世榮夫師の手で節付け（作曲）中です。これは原爆の悲惨さを直接描いた鎮魂の曲です。広島の「鎮魂」に対して、長崎は「復活」というのが私のかねてからの主題です。三年の年月がかかりましたが、今年は上演できそうです。

長年眠っていた私の対談集『懐かしい日々の対話』が本年にはやっと出ますし、私が監修する『あらすじで読む能の名作五十』も五月出版の予定です。

そんなわけで、まだ死ぬわけには行きません。でも用意はおさおさ怠ってはいません。覚悟は今書店に出ている『文藝春秋』の一月号（特集・理想の死に方）に書いた通りです。

私も、妻式江も何とか元気です。この一月には三人目の孫が授かります。

旧年中のご厚誼を謝して、本年もご愛顧を賜りますようにとの願いから、一筆認めました。末筆ながら皆様のお健やかな新春を祈りあげます。

ついでながら新年の御題『歩み』を、私が作詞し、観世宗家が節付けしたのを添付します。謡ってみてください。いままでの美辞麗句を並べたのと違います。月刊誌『観世』の正月号に掲載されています。これも老生のささやかなメッセージです。

二〇〇五年一月元旦

多田富雄

小謡　歩み（旧仮名遣ひ）

われをも歩ませ給へやと、
車椅子よりにじり立ち、
百歳《ももとせ》の媼《おうな》は杖にすがり、
この一歩、
涙とともに踏み出だす
またはアフガンの
地雷を踏みて
脚、失ひし少年の、
夢は砂漠を歩み行く、
思へば人類の歴史は、

二足《にそく》の歩み、知り得たる、
その一歩よりぞ始まれる、
重ぬる技《わざ》の、歩みはいま、
月の表《おもて》にも印されぬ
さあれ、平和とは、
花びら流る春の日、
はるかな未来、語らひつ、
わが身の影を歩まする、甃《いし》の上

いとしのアルヘンティーナ

わが妻は
薔薇《ばら》の造花をつけた
麦藁帽子のひさしのベールに
黒い十点星を散らして

誰もいない駅舎のホームに
腰掛けて待っている
夏の終わりの夕日に
ヘクソカツラの蔓《つる》が
這い登る電柱の影を
黙って見ている

おお　いとしのアルヘンティーナよ
君のうっすら髭の生えた口元から

こぼれる乾いた笑いも
アラビア風の縫い取りのついた
ベージュの肌着も
日和傘の骨が突き出たやせた胸に
突き刺さったままの針も
僕は黙って眺めるしかない
それは死の印か
生きていた記憶か
アルヘンティーナよ

だけど僕は急がねばならないのだ
君がまだ
昼顔に水をやっている暇に
僕のほうは
出発の準備を終えなければならない

焼けた線路に
近づいてくる列車の響きに
戦慄の耳を澄ますとき

アルヘンティーナよ
君はシリアの土偶の女のように
雛罌粟《ひなげし》で編んだ首飾りを
後ろで束ねた髪の上からかけて
腕を乳房の下にゆったりと組み
見送りの時間を待っている
丘の中腹に立つ風車が
大きく手を開いて
海の風を受け止めようとしている

庭の垣根に烏瓜《からすうり》を植えたいと
君はいったね
いまは苗を買う時間すらない
ただ列車の到着を待っているだけだ
おお　いとしのアルヘンティーナよ
瞑《ねむ》った鳥の目のような
君の薄い瞼の裏には
喪服を着たモロッコ人のダンスの輪が

つぼんでゆくのが映っている
昼顔がピンクの莟《つぼみ》をつけた駅舎に
広がるモズレムの喪の歌
時間は刻々と迫っている
線路に列車の轟音が伝わってくる

荒野を渡る風の挽歌

荒野を渡る風
湖面が鈍く光った
傷ついたものら
地に倒れたものらはみな

のた打ち回って死んでいった

泥の中には
肘《ひじ》を折り曲げたままの
死体があった
彼らがもがきながら
ゆっくり立ち上がろうとするとき
肉を襤褸《らんる》のようにまとった
若い兵士たちは

雨の中を手探りで進んだ
いったい何人の者たちが
死んでいったのか

荒野を渡る風
一本の白いロープが
天から下がってきた
つかまってよじ登ったものは
救われるのか

箱の中の死体がガサリと動いた
もう驚かなくてもいいのに
ゼンマイ仕掛けの兵士たちは
引き金に指をかけたまま止まっている
お互いの傷口を見つめながら

荒野を渡る風
七人の花をささげる乙女は

天人のような衣を
青い湖水に浸して
ひざまずいて祈っている
霧が立ち込めた湖には
白い花が降ってきた
湖面は香りで満たされた
霧が湧き上がり
乙女らを隠した

霧の中では
死体が根を張ってゆく
奇妙な形によじ曲がった根の先が
するすると伸び
ばらばらになった肢体は
見る見るうちに蔓草《つるくさ》に覆われてしまう

荒野を渡る風
七人の乙女が花を捧げる

霧の滴《しずく》がこぼれた

カメレオン

カメレオンは
半開きの眼を
ナットのように半回転させて
待っている

蟷螂《かまきり》が運命のように
近づいてくるのを
二本の鋏のような指で
ゴムの樹にしがみつき
ゆっくりと
七色の息を吐いた

カメレオンは
苦瓜の肌を緑に輝かせ

錘のついた舌を
空中にすばやく投げた
蟷螂を捕らえた舌は
重たげにバウンドし
口に収まった
もがいている蟷螂を
よだれにまみれさせ
ゆっくりと噛み砕いた

枯葉の中でカメレオンは
褐色の狙撃兵になって
尾を発条《ばね》のように巻き
匍匐《ほふく》前進する
敵の動きを察知すると
静止して攻撃態勢に入る
大きな蛾に狙いを定めて
投げた網は
むなしく己の口に返った

蛾はゆっくりと飛び去った

カメレオンは笑った
存在がかくも滑稽なものかと
ジョーカーの仮面をかぶって
舌なめずりする悪魔のように
薄膜のような瞼のうちに
透明な涙をため
臓物を吐いた

己の存在を呪いながら

二〇〇五年十二月二十四日

皆様とご家族に、メリー・クリスマス、そして、明けましておめでとうございます。

今年もなんとか生き延びて、皆様に時候のご挨拶を送ることができましたが、健康はあいかわらず危うい状態です。身体的障がいはどうやらこれ以上改善しないようですし、前立腺がんの襲来も発見されました。去勢手術だけを受けましたが、ＰＳＡは通常値に下がっています。こんな災難もありましたが、妻と子どもたちの看護のおかげで、毎日を楽しんでいます。

今年私は、四十年以上にわたる最良の友であり師であったゾルタン・オヴァリーと、最愛の弟子のひとり矢野明彦を失いました。免疫学界の皆さんはご存じのことと思います。私の人生に大きな意味をもったこの二人は、すばらしい思い出を遺してくれました。私は日夜悲嘆に暮れて、涙がとめどなくこぼれることもあります。

こうした不幸はあった一方で、能の世界での活動は特筆すべきものでした。五月には『望恨歌』が釜山国際演劇祭で招待上演され、七月には『一石仙人』がUNESCO国際物理年の公式行事のなかで上演されました。

他に、広島と長崎への原爆投下六十年を記念する二つの新作能、『原爆忌』と『長崎の聖母』が、それぞれ現地で上演されました。特に長崎では、まさに爆心地にある浦上天主堂で、あの悲劇のあと初めてミサが行われた記念すべき日と同じ日に上演されました。心をゆさぶる舞台でした。新作能をアメリカにもっていこうとしているのですが、今のところスポンサーが見つかっていません。

最後にお伝えしたいのは、私の病いとの闘いがＮＨＫの五〇分間の番組で全国に放送されたことです。これは幅広い反響を得たようです。放映された夜は電話が鳴りつづけ、何キログラムものハガキや手紙が届きました。友人によれば、翌日には何千もの「多田富雄」についてのブログがインターネット上に見られたそうです。

そんなわけで、さまざまな出来事で私は日々忙しくしています。私も妻も、健康ではないものの元気に過ごしています。ですから、来年も生き延びて、来年末にはまた時候のご挨拶をお送りできると思っていますよ！

多田富雄
式江

堤防の上の月

堤防の上に月が昇った
月はカーキ色の軍服を着て
錆びた金属の顔をしかめている
歩兵小隊が蟻のように

堤防を登っている
装甲車に踏まれた砂に
月見草が咲いていた

月は鉄兜をかぶって
銃を下げた尾錠を鳴らした
大きな口を開いて
笑いながら
双眼鏡で

イラクの戦争を見ていた
泣き叫ぶ黒衣の女たち
子供のぶっちぎられた腿《もも》
燃え滾《たぎ》った油田
月は無関心を装う

月の下の堤防では
飢えた兵隊たちが
砂の中の月見草を食べてしまった

満月の夜
堤防の上の月は
ビルの影を
ベロベロと舐めまわした
あらゆる秘密の痕跡を消すために

雲に隠れた月は
今度は鏡の前に座り

蛸のような腕を伸ばして
礼服に縞のネクタイを締めている
地球の向こう側の戦争に
挨拶を述べるために

堤防の上を
楽隊が行進している
ブンチャカブンチャカと
子守唄を演奏しながら

橋脚の上に
白い雲が出た
隠れた月は
孕《はら》んだ白馬の腹のような天空に
疲れ果てて眠る
チベットの王宮のベッドの
繻子《しゅす》のシーツにくるまって
イラクの果てない戦争を夢に見ながら

堤防の上の空
月が沈んだあとに
ぽっかりと丸い穴が開いた
そこだけ空が覗いて
ピンクの雲が浮かんでいる
透明な鳩の影が
すばやくそこを掠《かす》めた

OKINA

老人は闇の中から
天を呪いながら現れた
歪んだ口に黄ばんだ歯を剥き
土砂降りの雨に打たれた

妻を寝取られたアガメムノンか
痩せた裸身は泥にまみれ
深い息を四遍吐いた
　どうどうたらりたらりら
たらりあがりらりらりとう

汗が滝のように流れ
心臓はしぶきを上げた
老人は恐怖におののきながら

夜の中を這いずり回った
老人は狂った犬のように
泥にまみれ
関節を折り曲げ
鈴を鳴らしながら一心に祈った
何者とも知れぬ神に向かい
呪文を唱えた
　　おおさえおおさえ

幸ひあれや幸ひあれや

老人は死の国からの逃亡者
老人の罪は
死の国で見た神の秘密を
人に漏らしたことだ

罰は受けなければなるまい
おかげでこの無限の苦しみ

待っていたのは
永遠の渇きと餓えだった
鈴を振っても
泉に水は湧いてこない
もう舞い続けるしかない
およそ千年の鶴は
万歳楽と歌うたり
また万代の池の亀は
甲に三極を具えたり

老人の筋という筋が
彼の胸を締め付けた
指の爪が虚空に摑んだのは
実の入らなかった稲穂ばかり
開いた扇を舐めまわし
日照りの荒れ野に向かい
大仰に嘆息した
　日は照るとも絶えず

とうたりありうとうとう

彼は百七十歳の翁
かつて荒野の闇に瞬《またた》く
燐光の歪みから
川の曲がろうとする気配
山の崩れようとする欲望
海の溢れようとする意思を見た
老人は見すぎたのだ

この世の裏という裏を
あげまきやとんどや
尋《ひろ》ばかりやとんどや
座していたれども
転《まろ》びあいにけり
睦《むつ》びあいにけり
とんどや

だが祈っても謡っても

楠の大樹から降ってきたのは
くすぐるような天狗の哄笑だけ
　ひやひやらり
　ちりあたらりとう

絶望に身を捩《よ》じらし
涙で満たした器を挙げて
天に哀願する
翁を殺せと

殺してくれと
ららりとうとう

水を汲む女

能『檜垣』を見て

業の水汲む女なれば
懸け釣瓶を手繰りては
いざ永劫の水汲まん

夜の腕《かいな》を重ぬれば
月や袂に昇るらん

釣瓶の掛け縄繰り返し
きしむ昔を偲ばん

水の匂いにせかされて
濡れし衣のしおるまで
なお永劫の水汲まん

釣瓶持ちかね落としては
底ひに響く水音を
憂き昔とや聞くやらん

水面に落つる月影に
面影少し浮かぶれば
恋しき人の思い出を
重き釣瓶に引くやらん

汲めども満ちぬ水桶に
業の深きを嘆きつつ
なお永劫の水汲まん

川霧深き道の果て
薄踏みわけ帰るさに
月ほのぼのと昇るらん

穂波に月の影落ちて
藁屋に檜垣廻らして
水汲む女の化粧《けわい》する

みつわぐむまで年老いて
憂き身の果てを嘆きつつ
檜垣の姥が水捧ぐ

水の哀れを知るゆえに

これまで現れいでたるなり
水を掬いて参らする

DNAの舟

赤子の僕は木の皮に包《くる》まれ
小舟に乗せられ流された
小舟は月の下を漂い流れ続けた
舳《へさき》も艫《とも》もない船には

四つの文字が刻まれていたＴＧＡＣ
激流に飲み込まれながら
幾夜眠ったことか
目覚めたとき僕は母の腕に抱かれ
豊かな乳房をすすった

母の胸から離れ
僕は舟人となって

旅に出た
思うがままに
生命の川を流れ下った
僕もわが子を木の皮に包んで
濁った川に流した
小舟はセルロイドのテープのように連なり
キラキラ、キラキラと一瞬輝いた
時には白い蝶が
舷《ふなばた》に翅《はね》を休めた

よくもまたこの小舟を使い込んだものだ
僕は舟の上で瞑想し
幾夜泣き明かしたことか
僕は血の出るような
セックスを繰り返し
テープの断片を撒《ま》き散らした

嵐の夜

舟は航路を大きく外れ
北の海に突き進んだ
奇跡的に救われた僕に
舟はやさしく囁《ささや》いた
大丈夫
何億年も耐えてきた舟だからと

でも舟の旅は終わる
テープの舟はずたずたに切れて

波を受けて覆った

舟は砂地に打ち上げられ
夏の終わりのビーチハウスのような
無様な身をさらしている
あちこちのマークには
アルファベットの文字が抜け落ち
誤った文字が現れた
修理はもうできまい

さようなら、さようなら
この舟をいま乗り捨てて
僕は永遠の陸の旅に出る
光と物質が別れただけの
原初の世界に旅立つ

二〇〇六年十二月十七日

メリー・クリスマス、そして明けましておめでとうございます！

この年末もまた、私は陽気な家族に囲まれて生き延びています。時として、五年前のあの恐ろしい卒中のことを思い出そうとすると、まだ夢を見ているような気がします。忘れることのできない悪夢でした。右半身は動かず話す能力も失ったものの、どうにかこの世界に、第二の人生、私の真の人生を生きるために戻ってきたのです。

夢のように五年が過ぎましたが、それは困難で絶望的なものでした。しかし何とか私は生き延びることができました。この間に私は日本で七冊の本を出し、売れたものもあります。現役を退いた免疫学者というよりは、障がいを負った科学作家として、また随筆家としてかなり有名になりました。

既発表の三作に加えて四つの新作能を執筆し、そのうち三つは昨年初演を迎えました。『原爆忌』と『長崎の聖母』はともに広島・長崎への原爆投下に関するもので、それぞれの都市で上演され盛況となりました。この動きは今年も続いており、今年は東京と大阪で二日間再演されました。

こうした活動に対して、三月にはNHK放送文化賞をいただきました。これは国営放送が授与する非常に栄誉ある賞で、テレビ・ラジオを通じて文化的貢献を果した六人に与えられます。私のドキュメンタリー「脳梗塞からの〝再生〟――免疫学者・多田富雄の闘い」は非常に評価されました。たいへん尊敬している世界的指揮者の小澤征爾さんからこの賞を受けたのを誇りに思っています。

そして最後に新作能『一石仙人』がＭＩＴ（マサチューセッツ工科大学）のジャパン・プログラムの一環として招かれ、二〇〇七年十一月にボストンで上演されることになりました。日取りは未定です。感謝祭にぶつからないことを祈るばかりです！

他に私の関わった活動としては、私の新聞への寄稿に端を発した、政府批判運動があります。最大の日刊紙である『朝日新聞』に、特にリハビリテーション治療に関する保健政策を批判する原稿を書きました。障がい者の受けられる治療を制限しようというもので、私はこの政策の多くの矛盾点を指摘したのです。これに対して国中で議論が巻き起こり、署名運動に発展しました——驚くべきことに四十日間で四四万四千の署名が集まったのです。六月三十日、私はそれを厚生労働省に持参しましたが、まだ何の反応もありません。それで私は、様々な雑誌等に寄稿を続けています。ですから私の闘いはまだ終わっておらず、生き続けなければならないのです！

お伝えしたいのはこんなところです。前立腺がんは進行しているかもしれませんが、健康状態は安定しているようです。でも、私に何ができるでしょう？これは亡くなったゾルタン・オヴァリーがよく言っていたことです。私にはまだ彼の声が聞えます。

こうしたことを除けば、私は妻の式江との最後の蜜月を楽しんでいます。彼女も、腰の持病と糖尿病を除けば元気です。そして途方もなくたいへんな私の世話をしてくれています。

十一月にボストンに旅するのを夢見ています。皆様のうちにはそのときに再会できる方もいると期待しています。運が良ければ、二〇〇七年のこの季節に、またご挨拶をお送りし、次の一年に何があったかお知らせできるでしょう。世界というのは、やはり興味が尽きません！
皆様に愛を込めて！

多田富雄
式江

君は忿怒佛のように

君は忿怒佛のように
今こそ
怒らねばならぬ

怒れ怒れ
虐げられた難民
苦しむ下人たちのために

君は
血まみれの衣を
ずたずたに引き裂き
腰からぶら下げ
仁王立ちになって睨む

口からは四本の牙をむき出し
血の混じった唾液の泡を噴く
軍荼利夜叉《ぐんだりやしゃ》明王のように
甲冑に身を固め
金剛夜叉明王の光背に
護るべきすべてのものを押し隠す

あらゆる不正を暴く
牛頭《ごず》明王の目を

半眼に見開き
君は身の丈六尺の
九頭龍明王となって現われ
弱者を救い上げ権力者を
喰らい尽くす鬼となって怒れ

光背には真紅の火炎を発して
不動の知恵の
蛇の巻きついた利剣を垂直に立て

怒りに右目を中空に見据え
左目は悲しみに
血の涙を流している

馬頭権現の耳には
慈悲と愛をたたえながらも
なおも君は忿怒佛となって
怒らねばならぬ

時には阿修羅王のごとく
赤子を貪り食い
女を際限なく凌辱するが
次の日には懺悔に
地上をのた打ち回る
また次の日は
孔雀明王となって
中空に布施をばら撒く

君の名は
何とでも呼べ
悪鬼鬼神の類は
いつでもこの世に現われるものだ
血のような花弁を振りまきながら
雪の夜を泣きながら彷徨う
忿怒佛となって
怒りに身を震わせよ

インドの闇

ジャイプールの赤き家並みの夕空に蝙蝠群れつつ鳴き交わしつつ

駅前の光まばゆき祠より祈る人見ゆガネーシャ像に

壁際の暗きあたりにたむろする鈍き動きの黒き人影

ジャイプールを夜汽車で過ぎれば街々は寝静まりいる黄色の街灯

金ボタン肩幅広き制服のガンダーラ仏に似たる青年

ラジャスタンの首都といえるに街角の暗き灯りに人集いいる

インド人の肌は夜闇に溶け安く歯と目の集う巷となりぬ

ガラス

紅色のベネチアガラスの盃の影に落ち行く海の夕陽よ

紺碧の切子ガラスの細首の壺に封ぜし一人の小人

死してなおかくのごときにあらなむか風化して軽きローマンガラス

東京の闇の波動に震えいるあまりに薄きベネチアの瓶

優しさを拒絶して今注ぎいるタンブラーなお深い闇知れず

浄玻璃のチェコの花瓶がきららかに夜の堕落を映していたり

まだ見ぬスペイン

少年のうなじ　産毛に透明な汗の玉あり　夏はきにけり

少年の赤毛の髪は　南欧の日ざしのにおい深くしみたり

バスの窓開けよ　少年　窓よりはアンダルシアの歌も聞こえむ

少年の眠りし後の　バスの窓　恋の村々過ぎてゆくなり

日も暮れよ　鐘も聞こえよ　今日よりはアンダルシアの土とくらさむ

少年の夢のうちなる終点の　明るき町にバス着きにけり

二〇〇七年十二月二十三日

皆様とご家族に、メリー・クリスマス、そして明けましておめでとうございます！

こうしてまた、私は今年もこの時期まで生き延びて、奇跡的にも皆様に時候のご挨拶をお送りしています！

この夏は、骨盤腔への転移がんできわめて体調が悪く、尿のカテーテルを入れました。気温三十八度に達することもしばしばで、生涯で最も酷い夏でした。私も妻の式江も、私の排尿困難のため一晩中悪戦苦闘しなければなりませんでした。

最終的に、主治医の決定で三十八日間連続の放射線治療を受けることになり、照りつける日の光の下を病院に通わねばなりませんでした。

しかし驚くべきことに、これがたいへん効果を発揮し、血中ＰＳＡレベル（がんの指標です）が一三・五マイクログラムから一・三マイクログラムに下がり、症候が全て消えました。肥大していたリンパ節への転移さえもです！

私の健康はいまだに危なっかしいものですが、以前のように日々の仕事をしています。身体的障がいは、これ以上は改善しないようです。でも、いたしかたありません！

今年出版したのは、『能の見える風景』『寡黙なる巨人』、それから私が精力を傾注した『わたしのリハビリ闘争』の三冊でした。『寡黙なる巨人』はこれまで一万六〇〇〇部売れて、まだ売れ続けています。

今年の能の世界での活動は、たいへん活発でした。九月には『長崎の聖母』が東京で再演、『横浜三時空』も初演されました。しかし、最大のできごとは『一石仙人』が、一二〇〇年の歴史を持つ寺院であり世界遺産でもある東寺で上演されたことです。八百人の観衆を迎えて、八世紀に作られた二十一の彫像の曼荼羅の前でこの能が演じられたのは、心ゆさぶる経験でした。他の二作品も盛況でした。

そんなわけで、さまざまな活動で忙しい日々を送っています。私も妻も健康とはいえませんが元気にしています。皆様の支えと友情に感謝致します。来るべき年に、幸せで実りある生活を送られますようお祈り申し上げます。この新年も生き延びることができたら、来年末もまたご挨拶をお送りしたいと願っています。

日本・東京にて

多田富雄

式江

波に飛ぶ鳥

ニールス・カイ・イェルネ*の少年時代に

波の上を海燕が飛んでいる
しぶきが翼にかかるほど低く

ユトランド沖には

灰色の三角波が夕日に煌き
ヨットが一艘
北風と格闘している

あなたは思い出す
ラテン語の試験で一等賞を取った夜
ガートルードと交わした対話を

君がくれた黒い皮の手帳に

書き留めておいた詩を送ります
あまり哲学的なのは嫌いだわ
といった君に
爆弾のように形而上学的な詩を

ガートルードよ
君の白鳥の首のように伸びた
脚を愛撫しながら
僕は細身のコートを

縁取りのついた
白いパラソルの下に滑らせた

覚えているかい
海燕が波に抗い
吹き飛ばされながら巣に戻るように

無限は存在しない
どんなに数が多くても

単に一揃い《セット》にすぎないことを

僕と君は
永遠の円環構造につながれ
ひとつの自己の中に含まれる
他者はいないのだ

侵入する他者は
波の上の

海燕ほどのノイズに過ぎないんだよ
そんなことはあの時既に判っていた

僕は手帳を海に放り込んだ
波しぶきの中に形而上学的手帳は
黒い海燕のように消えた

＊ Niels Kai Jerne（一九一一―一九九四）デンマーク生まれの二十世紀を代表する免疫学者。「抗体産生の自然選択説」、「ネットワーク説」で一世を風靡した。一九九四年ノーベル医学生理学賞受賞。彼の学問は、高度に知

性的、理論的に整然とした美しさで人々の心を捉えた。侵入する他者は、自己の内部イメージとして認識されるとした理論だが、実験的根拠が得られないまま、突然異端としてタブー視されるようになった。

王のチェスゲーム

イェルネの老年の日々に

月日は無慈悲なカービングナイフ
いつの間にか王から
高貴さも鋭利さもそぎ落とし
偏屈な老人を彫りだした

曇天の冬の日は
冷たい城《シャトー》の
暖炉の前に終日座り
一人チェスを指し続ける
見る存在である君は
見られる存在でもある*
君も僕も
一枚のエッシャーの絵に取り込まれ

永遠に詰まないチェスを指し続ける

ジグソウパズルには
相補的なエレメントがいくらでもある
だが一個間違えば
モナリザの顔は
浮かびあがらない
君と僕は
チェッカーボードの白と黒

あるいは色違いの花に埋もれた畑となり
ついには空飛ぶ白鳥と雁に変身する
他者はそこに迷い込んだ
風景の中の海燕ほどのノイズに過ぎない

無限も永遠も拒絶した剛毅な王は
いま気弱な神経症の老人になり
終わりを待つばかりの日々を送る

日差しをブラインドで遮っても
本当の夕暮は来ない
ワインをあおって夜を待つ王の姿は
妻を寝取られたアガメムノンか
はたまた間抜けなリア王のように
錯乱した怒りに身を震わせる
おれは老獪な神の手に落ちた
物理学者のように歩き回るだけか

四季が巡り
降り続く青葉雨は
王を鬱病の患者のようにしてしまい
I'm not fine!
My wife is not fine!
I'm waiting for death!
と口癖のように電話口で呟いた
もはや相手がいないチェスで
永久に詰まないゲームを続ける

栄光ある死はもう訪れない
風の中を買出しに行った
フォアグラのソテーに
相好を崩すあなたに
やせ衰えた王妃が
萎んだフリージアの花を差し出す

＊抗体は他者のエピトープを認識するイディオトープを持つと同時に、イディオトープに付随したパラトープを、他の抗体によって認識される。こ

うして抗体は、互いに認識し、同時に認識されるネットワークを形成する。有名なイェルネの免疫学説「ネットワーク説」である。すなわち「他者」である抗原の認識は、イディオトープという内部イメージの認識によって、あらかじめ用意されているとされる。

神話・世界地図

君はとがった肩に
のりの利いたシャツを着込み
日本列島を少し曲げた形の
ルアーを糸につけ

冷たい太平洋に脛を浸した

マレー半島の形に
伸びた腕で
君の背骨のように曲がった竿を
一振りすると
君を中心とした
直径三十メートルの円の中に
サルジニアも淡路島も波に霞んでいた

浮きは空飛ぶ円盤さながら
惑星の間を行き来している
ルアーは青い南極洋に
海豹《あざらし》を追う鯱《しゃち》のように
ゆっくりと泳ぐ
マラッカ海峡の落ち日に影を映して

すべての覇権主義から離れた君は
チベットのマニ車を回すように

ルアーの糸を繰り出す
赤い浮きが
カラコルムから
ヒマラヤの春を行き来する

乾いた砂糖菓子のアラビア半島に
浅い皹《ひび》が走り
ナイル川が生まれた
遠いセルビアではクラスター爆弾が

アメリカの歯軋りで爆発した
ルアーの揺れは
ペルー沖まで波及する
地軸が三十度ほど傾き
視界が暗くなってきた
油田に燃えさかる火が
黒煙で覆われ
ダマスカスのモスクを暗く照らす

ゆったりした海はやがて
海鳥の浮かぶ
ボスポラス海峡につながる
君は地中海の蛸のかかった
ルアーの糸を手繰る
市場主義経済からは遠い
イヌイットの記憶を探ろう

あらゆる原理主義から

自由になった君はいま
一枚の世界地図の中にいる
海凪のように自由で
競争のない世界に
ルアーにはいつの間にか
佐渡の海鬼灯がいっぱい
鰊のようにかかっている
これでは商売にならない

でも君は
威儀を整え
シリアの豊饒神のように
寛大であれ
マサイ族のような
辛抱の心を養え
すべてはちっぽけな
この一枚の地図の中のことだ
すべてはルアーの一振りの中なのだ

夏の夜は

夏の夜は
水晶に光満ち
か黒き川面の
水草乱れ

水泡《みなわ》には
死者たちの
魂《たま》宿る

夏の夜の
森の梢に
紫の靄かかり
天空に星溢れ
千の

つながった
蛍群れ飛ぶ

夏の夜の
静かな沼に
瘴気流れ
生類穴を這い出で
悲しさに
泣き叫ぶ

さやさや笹の葉
鳴り止まず

森の木々は
樹液汗のごとく流し
虫どもの
見果てぬ饗宴
肥満した幼虫の

喰らい尽くす欲望
短か夜に
群れ飛ぶ蛾
鱗粉夥しく撒きて
交尾し
葉裏に
産卵して死す
翅破れたる
死骸散乱

風騒ぎ
下枝に
潜む物の怪
夜鳴き鳥
啼き止まず
死者たちの
魂騒ぐ

さやさや笹の葉
鳴り止まず
風凪ぎ
死んだ空を
破る
蝉の一声
来し方を
責めるのみ

夏の夜に
満ちくる闇
水晶の光消え
死者たちの
魂《たま》帰る

おしなべて
わが生に
許すべき

何ものもなし

二〇〇八年十二月二十三日

皆様とご家族に、メリー・クリスマス、そして明けましておめでとうございます！

今年も私は生き延びました！　この時候のご挨拶を皆様にお送りできることを幸せに思います。

右半身麻痺も発語・嚥下障がいも回復不能のようですが、私も妻の式江もそこそこ落ち着いた生活を送っています。前立腺がんは、ＰＳＡ値が少しずつ上がっているものの眠っているようです。式江の三度目の臀部の手術も無事に済みました。

ほとんどの時間は能本や随筆を書いて過ごしています。一つぜひ皆様にお知らせしたいのは、栄誉ある文学賞である「小林秀雄賞」をいただいたことです。これは近著の『寡黙なる巨人』に対するもので、一年で三万部以上も売れました。私はたいへん光栄に思っています。というのは、小林秀雄は日本の近代批評を産み出した人物であり、青年時代には私も多大な影響を受けたからです。この賞は、日本でもきわめて名声のある文学賞なのです。

私が今書いているのは、戦争や病気、あるいは貧困のせいで、若くして亡くなった友人たちの思い出です。これを書き終えないと死ぬことはできません。私が思い出し、その生を描かなければ、彼らは忘れられてしまうだろうから。

記憶されるに値する友人たちなのです。

私の科学者としての人生において最も印象に残る友人、ゾルタン・オヴァリーの生涯についても書くつもりです。私が学者生活の最初の三年間を過ごし、人生と、科学と、愛を学んだコロラド州デンバーの思い出は、すでに執筆しました。

今年書くべきはこんなところでしょうか。

今年も新作能がいくつか上演されました。十年前に亡くなった著名な女性作家、白洲正子さんを扱った作品は、来たる十二月二十六日に上演されます。何年かの間、彼女は私の最も親しい女友達でした。彼女は私の想像力の源泉であり、日本文化について多くを教わりました。彼女は伯爵令嬢であり、日本のガートルード・スタインと目されていました。この新作能は、彼女の哲学と花の美学――これは十四世紀の能の創始者、世阿弥に由来します――についてのものです。ＮＨＫ教育テレビで二〇〇九年の二月二十二日に放映される予定です。初演への稽古で忙しく、このご挨拶が遅くなりました。

ともあれ、私も式江も元気で、平穏に暮らしており、幸せな新年を待ち望んでいます。友人の皆様が年末年始を楽しまれますことを！

多田富雄
式江

東京にて

遺稿

縮れ毛の男

ガンダーラ展を見て

縮れ毛の男は
乾いた髪をかき上げながら
火のような日差しの大地を歩いた
道は乾いて風が巻き起こった

広い胸には肋が突き立っている
太陽の舌は荼毘のように
あたりを舐めまわした

鳥が飢えた声で鳴く
一握りの麦を
頭陀袋から与えた
鹿が擦り寄ってくる
竹筒にわずかに残った水を

惜しげなく注いだ
でも彼は無限に渇いていた
もう十日も何も食っていなかった
彼は森に入って
跪いて祈った

南無蓮華大菩薩
あらゆる貧者を救いたまえ
彼は見知らぬ神に祈った

祈れども祈れども
納受されないことくらいわかっていた
ただ創造と破壊の神ブラーマが
雨と風を差し入れた

彼のまわりを赤い闇が覆った
魑魅魍魎がうごめく朱の世界だ
猛獣が彼を食らおうとした
一瞬たじろいだが

また微笑が戻った
黄色い蛇が彼の首に巻きつき
ヒラヒラと朱肉のような舌でなめた
彼はもう身じろぎもしなかった
コブラは七色の虹になって頭を覆った
こんなところにまで誘惑は来るのだ
でも彼を誘惑する正体は分からなかった

菩提樹の木陰は良い匂いがした

瞑想はいつもあの世界に入ってゆく
それは死の世界だ
地震や大洪水の思い出
よく見れば彼の生まれる前の世界だった
傷ついたライオンに貪り食われたことや
浮浪者に襲われ殺されたことなど
思い出すと妙に懐かしかった

彼は甘い思いに浸った

空気はターメリックのにおいを含み
シッタルータという名の
王子であった彼の
豪奢な食事の場面だった
彼は知っていた
これが幻覚であるのを
それほどまでに飢えが迫っていた
彼は突然思い出した

盲目の乞食が道端に座って
目玉をくれとせがんだのを
彼は己の片目を抉り出して恵んだ
乞食はそれを泥道に捨て
汚いと踏みにじった
彼が悟ったのは喜捨の難しさ

かれは今猟人の弓となって
獣を救う

追剥の剣で布施をする
己が無にならなければ
喜捨なんかできない
でも無とか空とか言っても
所詮肉体の幻想でしかない

風がひいやりと頬をなでた
われに返った縮れ毛の男は
また歩き出した

彼の行く先に
塵と見まがう光が
どこまでも続いていた

モロッコ残像

白い壁が続く坂道の
青ペンキの扉が開いて
黒のカフタンから目だけ出した
女が現れる

鳥が巣から滑り出すように
油断なく目配りして歩いてゆく
夕日の落ちる海に向かって

モスクの影が
広場の敷石に伸びてゆく
夕日は魔術師のように
女たちの影を
長い時間操ってゆく

旅人のいる
スークは雑念で満たされる
千の眼が路地の窓から注がれている
モスクの塔から放たれる
夕べのアザーンの矢に
射抜かれながら

隠れようとする夕日が

突然
砂丘に鋭い傷を刻みこんだと思うと
次の瞬間には
この世の影という影を
すべて奪い去って
砂を薔薇色に輝かせて
消える
後の空には
オレンジ色の残照を

蝙蝠が食い荒らした

石ころだらけの坂道を
鶏を括った少年が売り歩く
ジュラバを着た男が
驢馬の陰で手招きしている
彼の売ろうとしている絨毯は
ベルベル人の哄笑で覆われている
日本人の笑いは了解不可能というが

モロッコ人の笑いはいかに
なめし皮にされた思念が
干した棗椰子の実と
スークの陽だまりの
売り場に晒されている

突然私は思い出した
ここが地上の楽園であることを
喧騒と静寂が

こんなに艶めいた織物であることを
私たちが知らなかった不思議な時間が
そこに流れていることを

二〇〇九年十二月十九日

皆様とご家族に、メリー・クリスマス、そして明けましておめでとうございます！

驚くべきことに、今年も私は生き延びました！　この時候のご挨拶をお送りできるのを幸せに思います。

しかし私は、目下のところ調子が良くありません。十月に鎖骨を骨折しました。これは全く突然のことで、唯一使える側の手だったので絶望に陥りました。したがってこのご挨拶も短いものにせざるをえません。実際、今も非常に痛むのです。加えて、前立腺がんの大きな転移が腹部に二か所見つかりました。医師からは放射線治療を言われました。現在も治療中で、十二月二十四日のクリスマスまで続きます。ひどく苦しく、疲弊するものですが、これは受けなければなりません。

こうした出来事のなかで、良い知らせも届いています。秋には天皇陛下から勲章を戴きました。科学者として、また教育者としての貢献に対して授与されたものです。鎖骨が折れたまま車椅子で皇居を訪れました。天皇陛下は私のことを憶えておられ、個人的に話しかけて下さいましたが、これは異例のことだそうです。

新しい本も出版され、よく売れています。一冊は、私の若き黄金時代、特にコロラド州デンバーについての追憶です。シェークスピアの『シンベリン』のソネットに「あの黄金の少年少女も塵にまみれる、煙突掃除人のように」とあるように、私も間違いなく黄金の少年だったのです。小説仕立てですが、架空の話ではありません。

もう一冊は、昨年書いた能についてのものです。残念ながら、どちらも日本語です。他に二冊の本を準備中ですが、私の時間は限られています。

これで、私のお伝えしたいのはほとんど全てです。家族はみんな元気です。よく面倒を見てもらっています。では、東半球から別れのあいさつを申し上げます。

東京より　　多田富雄

カントウズⅡ

式江に

われらおぐらき沢の中より
光に導びかれてさまよいいでた‼
観念の海をガリー船で渡らむとすれば

われらオデッセイのように難破した船より逃れいで
掌《てのひら》の草、漕ぎ手、王とその一族、
みなわれらの視界から去ってしまった。

それからは現代がぼくらのすみかだ
オデッセイはビルの間で
ビンの中でキラキラ光っているカプセルのような君をみつけた。
飛行機がサイエンスフィクションのように秒を長くし
一瞬はまるで千の電気時計の混乱した百時間だ。

そして出発。
ぼくらは髪を乱した女たちや
ケーブルカーのある街へもゆこう。
牛飼いが牛をおいまわしている街角で
バージニア・ウルフに謁見つかまつろう。
矛盾と浄化の階段を

もしぼくらがこわれやすい木の家をたてたなら、

女神のように巨大な樹を植えよう
ぼくらが木陰にやすらうため
またその下でメタフィジカルなピンポンゲームをするため
だから
ぼくのうったピンポン球をうちかえせ
みえない球が
チエある生命の樹に吸いこまれる。

解説　『詩集　寛容』を読んで

石牟礼道子

「新しい赦しの国」の中に、

未来は過去の映った鏡だ
過去とは未来の記憶に過ぎない

おれは飢えても
喰うことができない
水を飲んでも
ただ噎《む》せるばかりだ
乾燥した舌を動かし
語ろうとした言葉は
自分でも分からなかった

おれは新しい言語で喋っていたのだ

杖にすがって歩き廻ったが
まるで見知らぬ土地だった
真昼というのに
満天に星が輝いていた
懐かしい既視感が広がった
そこは新しい赦しの国だった

そのように始まる『詩集　寛容』。

式江《のりえ》夫人の「臨終の記」の最後に「ママ、ママ」と呼び続けていらしたとあります。なんと満たされた一生であられたことか。あらゆる世俗的な賛辞を超えてこのようなご夫人との絆があればこそ、この詩集がありえたのではないでしょうか。牧歌的な哲学とも読める免疫学の集大成も、最後に襲われた仮借ない病苦をくぐりぬけることによって、人間存在の極面にたどりつかれて、やさしさの極みの情愛を、あとからゆく者たちに手渡してゆかれました。

先生は『生命の意味論』の中で、「大元祖遺伝子」が超《スーパー》システムとして完成していくありさまを述べておられ、細胞たちが言葉の成立とほとんど同様な働きをして今日の社会を創っている様々な姿から文明論を描いておられますが、わたしはかねがねそれを読みながら、人間から始まって、山川草木虫魚、動物の魂のあり方はどう解釈されるのかしら、とたのしみにして、お尋ねしようと思っているうちに亡くなっておしまいになられ、心の核心のところが、欠損したような気持ちになっております。

彼は百七十歳の翁
かつて荒野の闇に瞬《またた》く
燐光の歪みから
川の曲がろうとする気配
山の崩れようとする欲望
海の溢れようとする意思を見た
老人は見すぎたのだ
この世の裏という裏を
　あげまきやとんどや
　尋《ひろ》ばかりやとんどや
　座していたれども
　転びあいにけり

睦びあいにけり
とんどや

（「ＯＫＩＮＡ」）

命とひき替えの文言が、時代を予言する例をここに読むことができます。「超《スーパー》システム」としての人間のことを手始めに、漂流民の伝統的な演劇本能とその表現について、お話しできたらと想っておりましたので、痛切な想いで、「新しい赦しの国」の中の「未来は過去の映った鏡だ」という詩句をかみしめながら、そこに出てくる震災後の日本人の顔や声音のけなげさに涙しながら、これを書きました。とりあえず詩の返歌をさしあげたく存じます。左のごとくでございます。（『苦海浄土　第三部　天の魚』序詩）

生死のあわいにあればなつかしく候
みなみなまぼろしのえにしなり

おん身の勤行に殉ずるにあらず
ひとえにわたくしの悲しみに殉ずるにあれば
道行のえにしはまぼろしふかくして
一期の闇のなかなりし
ひともわれもいのちの臨終《いまわ》
かくばかりかなしきゆえに
けむり立つ雪炎の海をゆくごとくなれど
われよりふかく死なんとする鳥の眸《め》に逢えるなり
はたまたその海の割るるときあらわれて

地《つち》の低きところを這う虫に逢えるなり
この虫の死にざまに添わんとするとき
ようやくにして　われもまた
にんげんの一員なりしや
かかるいのちのごとくなればこの世とはわが世のみならず
われもおん身も　ひとりのきわみの世を
あいはてるべく　なつかしきかな
いまひとたびにんげんに生まるるべしや
生類《しょうるい》のみやこはいずくなりや
わが祖《おや》は草の祖　四季の風を司り
魚《うお》の祭りを祀《まつ》りたまえども
生類の邑はすでになし

かりそめならず今生の刻《こく》をゆくに
わが眸《まみ》ふかき雪なりしかな

（大震災十四日目、これを記す）

初出一覧

歌　占　『ＤＥＮ』20（二〇〇二年九月）／『多田富雄全詩集　歌占』（藤原書店、二〇〇六年）所収
新しい赦しの国　二〇〇二年六月頃／同前
影の行方　『ＤＥＮ』21（二〇〇二年九月）／同前
雨と女　『ＤＥＮ』22（二〇〇三年一月）／同前
死者たちの復権　『ＤＥＮ』23（二〇〇三年三月）／同前
泥の人　『ＤＥＮ』24（二〇〇三年五月）／同前
アフガニスタンの朝長　『ＤＥＮ』25（二〇〇三年七月）／同前
神様は不在　『ＤＥＮ』26（二〇〇三年九月／「神の不在証明」改題）／同前
時の盗賊　『ＤＥＮ』27（二〇〇三年十一―十二月）／同前

オートバイ　二〇〇三年／同前
弱法師　『DEN』28（二〇〇四年一月）／同前
水の女　『DEN』29（二〇〇四年三月）／同前
卒都婆小町　『DEN』30（二〇〇四年五―八月）／同前
見知らぬ少年　『DEN』31（二〇〇四年九―十二月）／同前
いとしのアルヘンティーナ　『DEN』32（二〇〇五年一―三月）／『ダウンタウンに時は流れて』（集英社、二〇〇九年）所収
荒野を渡る風の挽歌　『DEN』33（二〇〇五年四―六月）
カメレオン　『DEN』35（二〇〇五年十―十二月）
堤防の上の月　『DEN』36（二〇〇六年一―三月）
OKINA　『DEN』37（二〇〇六年四―六月）
水を汲む女　『DEN』38（二〇〇六年七―九月）
DNAの舟　『DEN』39（二〇〇六年十―十二月）
君は忿怒佛のように　『DEN』40（二〇〇七年一―三月）
インドの闇　『DEN』41（二〇〇七年四―六月）

ガラス　『DEN』42（二〇〇七年七―九月）
まだ見ぬスペイン　『DEN』43（二〇〇七年十―十二月）
波に飛ぶ鳥　『DEN』44（二〇〇八年一―三月）／『ダウンタウンに時は流れて』所収
王のチェスゲーム　『DEN』45（二〇〇八年四―六月）／同前
神話・世界地図　『DEN』46（二〇〇八年七―九月）
夏の夜は　『DEN』47（二〇〇八年十―十二月）
縮れ毛の男　（未発表）
モロッコ残像　（未発表）

カントウズII　（未公刊）（一九六八年七月四日）

＊各年の区切りに置かれたメッセージは、著者が友人に電子メールで送ったもの。「二〇〇五年新春」を除き原文は英語（編集部訳）。
＊単行本収録時に改稿されている場合がある。

著者紹介

多田富雄（ただ・とみお）

1934年，茨城県結城市生まれ。

東京大学名誉教授。専攻・免疫学。元・国際免疫学会連合会長。

1959年千葉大学医学部卒業。同大学医学部教授，東京大学医学部教授を歴任。71年，免疫応答を調整するサプレッサー（抑制）T細胞を発見，野口英世記念医学賞，エミール・フォン・ベーリング賞，朝日賞など多数受賞。84年文化功労者。

能に造詣が深く，舞台で小鼓を自ら打ち，また『無明の井』『望恨歌』『一石仙人』などの新作能を手がけている。2001年5月2日，出張先の金沢で脳梗塞に倒れ，右半身麻痺と仮性球麻痺の後遺症で構音障害，嚥下障害となる。2010年4月死去。

著書に『免疫の意味論』(大佛次郎賞)『生命へのまなざし』『落葉隻語　ことばのかたみ』(以上,青土社)『生命の意味論』『脳の中の能舞台』『残夢整理』（以上，新潮社）『独酌余滴』（日本エッセイストクラブ賞）『懐かしい日々の想い』（以上，朝日新聞社）『全詩集 歌占』『能の見える風景』『花供養』（以上，藤原書店）『寡黙なる巨人』（小林秀雄賞）『ダウンタウンに時は流れて』（以上，集英社）など多数。

詩集《ししゅう》 寛容《かんよう》

2011年4月30日　初版第1刷発行 ©

著　者　多　田　富　雄
発行者　藤　原　良　雄
発行所　株式会社　藤　原　書　店

〒162-0041　東京都新宿区早稲田鶴巻町523
電　話　03（5272）0301
FAX　03（5272）0450

印刷・製本　中央精版印刷

落丁本・乱丁本はお取替えいたします　Printed in Japan
定価はカバーに表示してあります　ISBN978-4-89434-795-3

❸ **苦海浄土** 第３部 天の魚　関連エッセイ・対談・インタビュー
「苦海浄土」三部作の完結！　解説・加藤登紀子
608 頁　**6500 円**　◇978-4-89434-384-9（第 1 回配本／ 2004 年 4 月刊）

❹ **椿の海の記** ほか　エッセイ 1969-1970　解説・金石範
592 頁　**6500 円**　◇978-4-89434-424-2（第 4 回配本／ 2004 年 11 月刊）

❺ **西南役伝説** ほか　エッセイ 1971-1972　解説・佐野眞一
544 頁　**6500 円**　◇978-4-89434-405-1（第 3 回配本／ 2004 年 9 月刊）

❻ **常世の樹・あやはべるの島へ** ほか　エッセイ 1973-1974
解説・今福龍太
608 頁　**8500 円**　◇978-4-89434-550-8（第 11 回配本／ 2006 年 12 月刊）

❼ **あやとりの記** ほか　エッセイ 1975　解説・鶴見俊輔
576 頁　**8500 円**　◇978-4-89434-440-2（第 6 回配本／ 2005 年 3 月刊）

❽ **おえん遊行** ほか　エッセイ 1976-1978　解説・赤坂憲雄
528 頁　**8500 円**　◇978-4-89434-432-7（第 5 回配本／ 2005 年 1 月刊）

❾ **十六夜橋** ほか　エッセイ 1979-1980　解説・志村ふくみ
576 頁　**8500 円**　◇978-4-89434-515-7（第 10 回配本／ 2006 年 5 月刊）

❿ **食べごしらえ おままごと** ほか　エッセイ 1981-1987
解説・永六輔
640 頁　**8500 円**　◇978-4-89434-496-9（第 9 回配本／ 2006 年 1 月刊）

⓫ **水はみどろの宮** ほか　エッセイ 1988-1993　解説・伊藤比呂美
672 頁　**8500 円**　◇978-4-89434-469-3（第 8 回配本／ 2005 年 8 月刊）

⓬ **天　湖** ほか　エッセイ 1994　解説・町田康
520 頁　**8500 円**　◇978-4-89434-450-1（第 7 回配本／ 2005 年 5 月刊）

⓭ **春の城** ほか　解説・河瀬直美
784 頁　**8500 円**　◇978-4-89434-584-3（第 12 回配本／ 2007 年 10 月刊）

⓮ **短篇小説・批評**　エッセイ 1995　解説・三砂ちづる
608 頁　**8500 円**　◇978-4-89434-659-8（第 13 回配本／ 2008 年 11 月刊）

15 **全詩歌句集**　エッセイ 1996-1998　（次回配本）解説・水原紫苑

16 **新作能と古謡**　エッセイ 1999-　解説・未定

17 **詩人・高群逸枝**　解説・臼井隆一郎

別巻 **自　伝**　〔附〕著作リスト、著者年譜

*白抜き数字は既刊

〝鎮魂〟の文学の誕生

「石牟礼道子全集・不知火」プレ企画

不知火《しらぬひ》

（石牟礼道子のコスモロジー）

石牟礼道子・渡辺京二
大岡信・イリイチほか

インタビュー、新作能、童話、エッセイの他、石牟礼文学のエッセンスと、気鋭の作家らによる石牟礼論を集成し、近代日本文学史上、初めて民衆の日常的・神話的世界の美しさを描いた詩人の全体像に迫る。

菊大並製　二六四頁　二二〇〇円
（二〇〇四年二月刊）
◇978-4-89434-358-0

ことばの奥深く潜む魂から"近代"を鋭く抉る、鎮魂の文学

石牟礼道子全集 不知火

(全17巻・別巻一)

A５上製貼函入布クロス装　各巻口絵２頁

表紙デザイン・志村ふくみ　各巻に解説・月報を付す

〈推　薦〉五木寛之／大岡信／河合隼雄／金石範／志村ふくみ／白川静／瀬戸内寂聴／多田富雄／筑紫哲也／鶴見和子（五十音順・敬称略）

◎本全集の特徴

■『苦海浄土』を始めとする著者の全作品を年代順に収録。従来の単行本に、未収録の新聞・雑誌等に発表された小品・エッセイ・インタヴュー・対談まで、原則的に年代順に網羅。

■人間国宝の染織家･志村ふくみ氏の表紙デザインによる、美麗なる豪華愛蔵本。

■各巻の「解説」に、その巻にもっともふさわしい方による文章を掲載。

■各巻の月報に、その巻の収録作品執筆時期の著者をよく知るゆかりの人々の追想ないしは著者の人柄をよく知る方々のエッセイを掲載。

■別巻に、著者の年譜、著者リストを付す。

本全集を読んで下さる方々に　　石牟礼道子

わたしの親の出てきた里は、昔、流人の島でした。

生きてふたたび故郷へ帰れなかった罪人たちや、行きだおれの人たちを、この島の人たちは大切にしていた形跡があります。名前を名のるのもはばかって生を終えたのでしょうか、墓は塚の形のままで草にうずもれ、墓碑銘はありません。

こういう無縁塚のことを、村の人もわたしの父母も、ひどくつつしむ様子をして、『人さまの墓』と呼んでおりました。

「人さま」とは思いのこもった言い方だと思います。

「どこから来られ申さいたかわからん、人さまの墓じゃけん、心をいれて拝み申せ」とふた親は言っていました。そう言われると子ども心に、蓬の花のしずもる坂のあたりがおごそかでもあり、悲しみが漂っているようでもあり、ひょっとして自分は、「人さま」の血すじではないかと思ったりしたものです。

いくつもの顔が思い浮かぶ無縁墓を拝んでいると、そう遠くない渚から、まるで永遠のように、静かな波の音が聞こえるのでした。かの波の音のような文章が書ければと願っています。

❶ **初期作品集**　　解説・金時鐘

664頁　**6500円**　◇978-4-89434-394-8（第２回配本／2004年７月刊）

❷ **苦海浄土**　第１部 苦海浄土　第２部 神々の村　　解説・池澤夏樹

624頁　**6500円**　◇978-4-89434-383-2（第１回配本／2004年４月刊）

免疫学者の詩魂

多田富雄全詩集　歌占（うたうら）

多田富雄

重い障害を負った夜、私の叫びは詩になった――　江藤淳、安藤元雄らと作を競った学生時代以後、免疫学の最前線で研究に邁進するなかで、幾度となく去来した詩作の軌跡と、脳梗塞で倒れて後、さらに豊かに湧き出して、声を失った生の支えとなってきた最新の作品までを網羅した初の詩集。

A５上製　一七六頁　二八〇〇円
（二〇〇四年五月刊）
◇978-4-89434-389-4

能の現代的意味とは何か

能の見える風景

多田富雄

脳梗塞で倒れてのちも、車椅子で能楽堂に通い、能の現代性を問い続ける一方、新作能作者として、『一石仙人』『望恨歌』『原爆忌』『長崎の聖母』など、能という手法でなければ描けない、筆舌に尽くせぬ惨禍を作品化する。作り手と観客の両面から能の現場にたつ著者が、なぜ今こそ能が必要とされるのかを説く。

写真多数
B６変上製　一九二頁　二二〇〇円
（二〇〇七年四月刊）
◇978-4-89434-566-9

渾身の往復書簡

言魂（ことだま）

石牟礼道子・多田富雄

免疫学の世界的権威として、生命の本質に迫る仕事の最前線にいた最中、脳梗塞に倒れ、右半身麻痺と構音障害・嚥下障害を背負った多田富雄。水俣の地に踏みとどまりつつ執筆を続け、この世の根源にある苦しみの彼方にほのかな明かりを見つめる石牟礼道子。生命、魂、芸術をめぐって、二人が初めて交わした往復書簡。『環』誌大好評連載。

B６変上製　二一六頁　二二〇〇円
（二〇〇八年六月刊）
◇978-4-89434-632-1

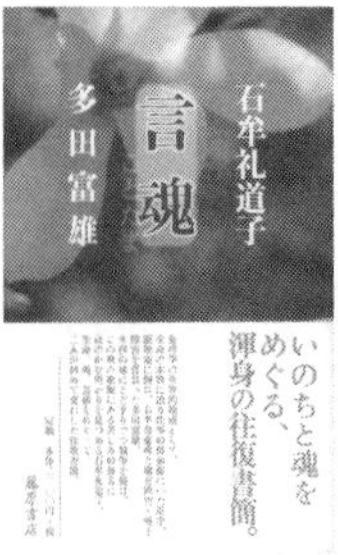

白洲没十年に書下ろした能

花供養

白洲正子
多田富雄
笠井賢一　編

白洲正子が「最後の友達」と呼んだ免疫学者・多田富雄。没後十年に多田が書下ろした新作能「花供養」に込められた想いとは？　二人の稀有の友情がにじみ出る対談・随筆に加え、作者と演出家とのぎりぎりの緊張の中での制作プロセスをドキュメントし、白洲正子の生涯を支えた「能」という芸術の深奥に迫る。

カラー口絵四頁
A５変上製　二四八頁　二八〇〇円
（二〇〇九年一二月刊）
◇978-4-89434-719-9

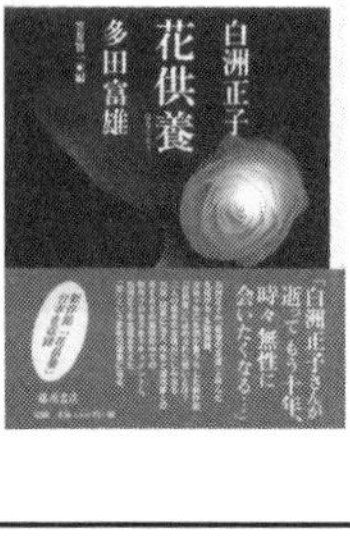